拳與淚

你要的正是握緊拳頭以及
忍住淚的滑落。且聽
十指的骨節和掌紋
合奏命運；且看
活躍的淚腺正穿透火紅的[illegible]
[illegible]人間。

風吹南島

溫奇 詩集

一自序一

如碎金屑銀般的塵埃

現在問：詩是什麼？一種湧出或流淌，像山泉、像溪澗；或風吹竹林搖曳出咿呀之聲；或童年自床榻上翻身怔目於晨光下翻飛如碎金屑銀般的塵埃……內在深處被水流、聲響、光影所觸動，在唇齒間囁嚅、呢喃，進而伏案書寫乃成為詩。

至於三十多年前，約莫一九九〇年代初期寫成的詩，更多是回應解嚴之後，台灣原住民尚未正名前夕的苦悶時期。當時自印了三本「南島詩稿」系列：《練習曲》、《梅雨仍舊不來的六月》及《拉鍊之歌》，流傳於親人與友朋之間。同時也陸續發表在孫大川先生主持的《山海文化》雙月刊、已過逝的鄭至慧小姐主編的《誠品閱讀》等期刊上。

這本《風吹南島》詩集即是從上述三本詩稿輯印而成。今年三月間，瓦歷斯·諾幹先生以晨星出版社台灣原住民叢書總策劃的身分提議出版本詩集，繼之又有執行主編胡文青先生密集連繫、推動；沒有他們兩位先生，就沒有本詩集的誕生。

自職場上退休，近年來重拾舊筆寫詩，多發布於個人社交媒體。以下就用今年八月末的一首詩〈已秋〉做本序的結尾。

鳳凰花再度露臉
稀疏，卻比繁華耐看
反覆風雨裡洗淨了些什麼
竟樂於送別每一個昨夜

清晨聽得見柔和的回聲
落葉或斑鳩，或舒開的心情
經歷過了就不再糾纏
牆角的繡球花依舊嫣然
誰又分得清露與淚

啊，悲傷與快樂總是交疊
季節神秘地進行交接
波斯菊開出燦爛
漫步的影子日漸瘦長

2023.10.17
溫奇　於台南市開元路

飛翔的隱喻

在上個世紀九〇年代，台灣文學界指認出現了第一批原住民作家，確認「原住民文學」的出現是在「被壓迫」並且「族群自覺」後所由生的書面抗爭隊伍。於是，原住民文學率爾進入台灣公共論述而被議題化，「被壓迫」與「族群自覺」的肌理從而定調為「本土化」、「自覺性」與「抗議精神」的原住民文學，此單向度流風乃糾纏、迷惑、魅影以迄今，忽而略之原住民文學產生的基礎是賴語言（母語、神話、傳說、歌謠）作為起點。恰恰是在原住民作家冒起的九〇年代，排灣族的溫奇（Ljavuras Giring）與卑南族的林志興（Agilasay Pakawyan）仿如相互唱和的詩作，則少見台灣文壇對原住民文學的注意與討論，這一方面是兩人的作品鮮少發表在報章雜誌，又一方面是兩人的詩作似乎是隱晦的、自我的，疏離著論者所以為的「原住民文學」，於是在解讀台灣原住民現代詩史的脈絡上只能顯現片面、單向的發展。幸而在三十幾年後的二〇二三年，溫奇結集詩作《風吹南島》、林志興結集詩作《族韻鄉情》，得以彌補、豐富台灣原住民現代詩史的空缺與單薄了。

像一切重要的詩歌一樣，溫奇的《風吹南島》幾幾乎是敝帚自珍似的自印三本「南島詩手稿」系列：《練習曲》、《梅雨仍舊不來的六月》及《拉鍊之歌》，這些約莫一九九〇年代初期寫成的詩歌，作者自承是回應解嚴之後，台灣原住民尚未正名前夕的苦悶時期的創作，就是這樣的隱諱之舉，手寫稿系列三本僅僅流傳在少數的好友之間，成為日後傳說中的夢幻逸品——集隱遁、苦痛、禁聲與自我解殖於一身。

就像其他多元的歷史，關於文學的歷史總是充滿各式各樣的疑團迷惑，但沒有一件偶然的相會比遇見溫奇所獲致的溫暖、奇特以驚鴻一現的輝耀光芒更能觸動我心的。但要講起台灣原住民文學讓人神往的夢幻詩人溫奇之前，我以為還是先從詩歌的隱喻開始，說得更確切一些，是舉出幾個隱喻的歷史。

山地人三部曲

山上　躍進
下山　滾進
山下　伏進
（《練習曲》1990.09，p.106）

上個世紀九〇年代正是原住民運動勃發之際，惟在長期殖民、同化的國府政策下，原住民知識分子的思想有如活在層層山巒困住的寂寞歲月，只有經過慘烈的聯考得以進入都會的原住民知青，思想的天空雖驟然擴大，但櫛比鱗次的水泥建築卻割裂了思想活水的流動，詩人以短短的詩句，凝聚了那個時代原住民的處境，這首〈山地人三部曲〉突然出現又以詩人冷靜的隱沒而成為某種迷離。

拳與淚

你要的正是緊握拳頭以及
忍住淚的滑落。且聽
十指的骨節和掌紋
合奏命運；且看
活躍的淚腺正穿透火紅的網膜
描繪人間。

（《梅雨仍舊不來的六月》1991.06，p.128）

溫奇在八〇年代，也就是原權會前身「黨外編聯會」萌動的日子，是那個年代原知青透過聯誼、對自己的文化喪失了驕傲、在迎接新文化體系的侵蝕及其不滿的年代，詩人握緊拳頭、忍住淚，看盡遍地烽火的歷史處境。我認為叔本華有句名言可以洩漏溫奇寫下〈拳與淚〉的隱喻：「沒有什麼行動、思想、疾病不是自願的。」一伏案寫詩，作為行動、思想與疾病的混合體，從來也就不是自願的，一定是有什麼火把燃燒著詩人的胸口。

讀書

盯著這一個一個方塊字，怎麼也連貫不成完整的意義。眼珠子滾進字堆裡，小孩也滾進泥堆裡，虎視眈眈的大人們不知怎麼全擅離職守了。視網膜視下丘視神經都視而不見了。不知乾坐了多久？書本早遠遠地拋向雨後的操場（妻子們躺過的操場）。兒子醒來找不到爸爸，怎麼辦？書本越拋越遠。

小孩滾成泥人了嗎？那些大人一直沒有回來。

（《拉鍊之歌》1994.04，p.208）

讓我們回到上個世紀七〇年代，詩人溫奇出生在台東縣金峰鄉一座排灣族卡拉達蘭部落（kaljadjaran），那是個像全島偏遠一樣的困頓部落，詩人的生命情調肯定不離山林、口傳、狩獵這樣那樣每個原住民孩子都會做的、懂得做的獵人之子，二十年後寓居台南的詩人看著自己的孩子長大，像每個都會原住民孩子所經歷的異文化的求學階段時，詩人為台灣的教育寫下「小孩滾成泥人了嗎？那些大人一直沒有回來。」的隱喻，我認為溫奇在詩中有意的抹除原住民性，讓〈讀書〉這首散文詩的想像走出了部落來到生猛幹勁的台灣社會，也讓溫奇作為小寫的原住民詩人成為大寫的詩人，於是我毫不懷疑溫奇駕馭方塊中文的語言能力。我記得上個世紀初南美某位作家為弱勢民族使用他者主流文化語言能力所作的中肯辯護：「語言不是科學的東西，而是藝術的東西，武士們和狩獵者創造了語言，這比科學要早得多。」

我認為不需要懷疑作為排灣族詩人的溫奇向當代詩人致敬、致哀、述寫的那些詩，「〈如歌的行板〉讀後」（p.52）有意私淑瘂弦、「是否世界躲著」（p.78）發想於北島詩作〈走吧〉、「雨的聯想」（p.84）讓我們的想像滑移到余光中「蓮的聯想」、「北島素描」（p.90）無疑是藉北島摹想自況、「羅門印象」（p.98）是借用對羅門的印象展示抵抗尋常生活的決絕、「詩人之死——哀顧城」（p.190）探索愛與死的辯證，凡此總總，是因為這是在回應那個不幸且不堪的「野狼與刀槍的時代」裡閃現熠熠的生之光芒，而那不幸且不堪的野蠻陰影還在持續、進化的威脅這個世界。詩歌的聲音，準確傳達詩人的激情與思考，無礙於身分是排灣族的詩人溫奇。

溫奇曾自我表白的說：「我狂熱寫詩集中於公元一九八八年至一九九四年，此後熱病漸消，近年來已少有詩作。」至今為止，溫奇留下《練習曲》、《梅雨仍舊不來的六月》、《拉鍊之歌》三部自印詩稿，總題為【南島詩稿】，藏詩共一三九首，自印詩稿《梅雨仍舊不來的六月》附有後記，說明將自己的詩以「詩稿」的形式存在是非常自然的事——就像「伏流」一樣。真正重要的是，「我們是否要繼續潛伏著，暗暗的流下去？還是嘗試化羞怯為大方，變謙卑為自信，勇敢的把自己推向時代的巨流？」（自印手寫稿《梅雨仍舊不來的六月》後記，p.43）溫奇寫詩，正是以這個詰問為背景所作的嘗試。隨後的兩年，溫奇得詩三十三首，時序停在一九九四年四月。

詩人維吉爾曾為「詩人」寫下膾炙人口的佳句：「在一個孤伶伶的夜晚兩人走在幽黑的陰影之間。」讓我試著揣摩溫奇，我以為那「幽黑的陰影之間」正是詩的隱喻，這隱喻不是詩人發現了什麼新東西，恰恰相反，詩人寫詩是回憶起那些我們遺忘了的事物，柏拉圖說——那輕盈而帶翅膀的神聖之物。溫奇在一九九四年後詩創作戛然而止，是因為那神聖之物斷翅而變得沉而重之，是那麼巧合嗎，就在國際原住民年第一個十年的第一年（一九九三年）結束之後？我想我必須回到維吉爾的在一個孤伶伶的夜晚那「兩人」，一個是詩人溫奇，另一個不是人，卻深藏在溫奇胸口一吋底下的心房。

今年五月初，時隔近三十年我再一次見到溫奇，當我們回憶那養成我們作為卑而微之的小知識分子的時代，不免還是深為感慨國家干預個人行為，乃至於是弱小族群，是大小通吃的國家主義要我們陶醉在一面管的無限寬廣的國家符號裡，我的反抗之道在於通過後殖民來到解殖民的想像裡，溫奇卻是從殷海光的哲學獲取了自由主義的養分，並珍而視之作為安身立命之所——深藏在心房。

事情就是這樣，溫奇將詩稿藏起來（未出版），我的責任是把它們找出來（出版面世），找出詩歌隱喻的美學體驗，而堅持美學從來就不需要定義，不論你稱它們是或否為「原住民文學」。在結束談話之前，我向溫奇說了一個好獵人的故事，那是關於火種的故事，我覺得我不應該再透露更多，因為好故事就像詩的隱喻一樣，總是妙在含含糊糊，我知道溫奇懂得我故事的隱喻就好，那是輕盈而帶著翅膀的——

我認為，親愛的讀者也願意追尋溫奇的隱喻。

——瓦歷斯．諾幹

2023.10.19

卷一 練習曲

目次

風吹南島

目次

風吹南島

卷二

梅雨仍舊不來的六月

目次 風吹南島

卷三

拉鍊之歌

目次

風吹南島

〈如果沒有黑夜〉
溫奇／詞，雅子／演唱
排灣古調＆雅子／曲

卷一

練習曲

（南島詩稿 1990-1991）

薔薇

我躬身掌托
端視那燦爛之後的憔悴
風早聞知
容顏因大地的無私
雖腐朽而無悔

俯首我再輕嗅
那墜落前，生死間的迴香
花瓣正仰成極致而蜂蝶杳杳
此刻已屬無怨的冬季

• 1988.12

湖畔讀報

走過一名女尼
又紛紛湧進一群聒噪的男女
大學的湖邊
他們陸續的穿越紫荊樹林
只留下有關鴨鵝的爭辯
在駐足者的耳際

報紙一角
偶讀到一些名字
涉及島嶼血淚的片斷

一股激動自胃底騰騰
湧上胸，洶上喉，終迸出
一聲長——嗚

・1989.2

漂泊

在工作和工作或不工作
在朋友和朋友或絕交
之間

在投入和抽出
在明確和深奧
之間

在神話和歷史或小說
在部落和國家或社會

在直覺和理性
乃至於寫詩和不寫詩
之間

・1989.3
・1993.10.1《誠品閱讀》雜誌

願

我願仰躺
任晨風輕拂髮梢
任溪水緩緩流過雙足
撫去憂傷，洗清
淤積的胸腑

我願
像射日神箭
射向東方，去探尋獵場
告別黃昏的沙灘

迎向日出的海洋

• 1990.6

監考

沉沉我欲眠
筆和紙沙沙
或刀與盾鏗鏗
一次突襲，一陣砍殺
殺聲漸歇
六十顆頭顱全落在桌面

噹噹噹噹噹噹
鐘聲猛然敲醒我
出草歸來猶未慶功的夢

- 1990.6
- 1993.10.1《誠品閱讀》雜誌
- 2003.3 孫大川主編《台灣原住民族漢語文學選集：詩歌卷》

失眠

整夜
為了探究
造成頸子和枕子失和的原因
我翻來覆去

・1990.6

・2003.3 孫大川主編《台灣原住民族漢語文學選集：詩歌卷》

・2005.2 林瑞明選編《國民文選．現代詩卷Ⅲ》

牽牛花

來喔
分你們一手一朵
一二三　擲出去

看哪
那飄落的飄落的
是風中淡淡的紫
或夢裡純純的白

因思念雪

在放學途中
在南方如夏的冬季
我們重複一樣的遊戲

• 1990.6

詩和妻

後來我提到詩，熱切地發表著
妻在耳邊輕輕地惦掛是否關妥瓦斯
然後緩緩地從我胸腹，我臂彎中滑離
一切，又回到梅雨暫歇後月色的清涼

• 1990.6

粉筆之存在

最後一節
戰事至為慘烈
由各種膚色組成的部隊
拼命的、瘋狂的、輪番的
朝漆黑的城牆攻擊
指揮官踱來踱去，聲嘶力竭
觀戰的人群個個面容肅穆
又唯恐被流彈波及

終於，鐘聲響起

城下死傷累累
斷首的、肢離的、血肉模糊的
更多粉身碎骨的
在暮色中灰飛煙滅
然而，明日將投入更多精銳
戰事仍會繼續

• 1990.6
• 1993.10.1《誠品閱讀》雜誌

青春

無懼或根本就不在意
烈日之下，相偎相依
年輕的笑容豐盈自在
如六月的鳳凰花燦開

你在涼亭之下在中年
之中，輕輕地嘆息：
也曾無畏，也曾燃燒

• 1990.6

聞蟬

急急急　急急急
急什麼急　急什麼急
急如燃眉如焚翼
急　秋　決　將　及

- 1990.6
- 1993.10.1《誠品閱讀》雜誌
- 2003.3 孫大川主編《台灣原住民族漢語文學選集：詩歌卷》

因爲（夏日）

因為熱乃有涼
因為炎陽乃有濃蔭
因為有溫差乃有陣陣海風
因為蟬鳴漫天乃有鳴後的寧靜

又因為各據緯度，乃有我
以及我崇拜的畫家
對熱烈的詮釋
呈現分歧

• 1990.6

酒話

語句漫漶
誰知水銀滾向何方
惡水何時漲來床前
世代爭逐的部族
繼續在現代演出
在山與水之間，之外
展開無休無止的爭辯

・1990.7

・1993.10.1《誠品閱讀》雜誌

浸

只想吟唱
對著琴鍵
自內心湧出旋律
裊裊如山村炊煙

不必忘我
不再怒髮
只想對著琴鍵
自在地
出入晝與夜

高貴與低俗

也不必放棄
更無需征服
只想靜靜地發酵
在甕裡甜甜地睡覺

・1990.7
・2003.3 孫大川主編《台灣原住民族漢語文學選集：詩歌卷》

戀山

我是好動多情的雲
包圍妳，籠罩妳
大膽地擁抱妳

我是頑皮的嵐
矇妳雙眼，搔妳耳腮
又偷捏妳纖細的腰

我是神密多變的霧
輕挑妳的眉

又轉攻妳微汗的頸與肩
且在髮叢中躲藏

・1990.8

凌晨

你自斑剝的桌緣起身
多雨的窗前
夜，自額前飄落
紫色的花瓣
在眼瞼聚成濃濃的睡意

• 1990.8

〈如歌的行板〉讀後

一連串高高低低
斬釘截鐵的
必要，如挺直的松
風來，此呼彼應
霜雪降，棵棵傲然獨立
春天還會遠嗎
彼時枝葉新綠且閃動生命的光

• 1990.8

註：〈如歌的行板〉
是瘂弦的一首詩。

論詩

她說，讀起來很淒涼

或許是真的
但，何不說淒美呢
例如午夜的鐘聲
　鹿鳴在林中的清晨
　爬滿紫花的堤岸
　等等

她說，背後一片淒涼

• 1990.8

夏日片斷

1

我那想要，也想被捕捉的心
（那年我們十七歲）
還有那游移要找到棲止的雲
（飛機上我神遊的雙目）

2

獨看電視
不去想心事
夏夜以靜靜的不安
浮動

3

哭訴無門的手
蒼白的平安禮
對畫家的崇拜
對自己的期待

4

總在歡笑和愁思之間
爭執，拉扯
就這樣扭曲了一張臉
也鬆垮了一張臉

5

有畛域就不是
有時限就不是
有情緒好壞也不是
有藉口有理由更不是
有以上這些就不可能真正是

6

依循內在
去歌去唱
去舞去搖

的衝動

本能的
去洗澡
去大吃一頓
去星空下的校園漫步

‧1990.8

詛咒

詛咒你陷入昏睡
不再有任何醒來
詛咒你在雨夜裡過站
在濕冷中發狂
詛咒你上癮
沒有掌聲活不下去
詛咒你早熟早婚
早日厭膩早日逃離

• 1990.8

晨過車站

我聽說
那不肯凋落的百合
不易堅持的肯定
和那般懇切的託辭

又聽說
那疲困的
被歲月剝蝕的
活過以及猶未出生的

他們

在驟雨初歇的車站，在清晨
環臂於畏寒的胸腹，垂首或屈膝
在長椅之上，在夢囈中
呼喚草原

有的倚著包袱，洩出襯裙
在曉光中點菸
有的揹著吉他慢慢划
划向白日的人潮
有的徘徊在多岐的天橋

熟悉暗夜而畏懼黎明

有的……

• 1990.8

註：車站是指1990年前後的台北市客運總站。為了至政大補修教育學分，有兩年暑假常搭客運往返於台南與台北之間。

眠

睏睡也阻止不了
夢中猶待接續
如溪如河
如風如浪

倦了累了
執筆的手且歇著
未盡的唇且淺淺的沾
眼皮沉沉闔上
舞影悄悄隱沒

夜送還宇宙
人躺回大地
諸如潛伏的渾沌的永恆的
以及一切不知名的
置諸腦後

・1990.8

時間

逝去了不再回來
說如果怎麼樣該有多好
現在剛剛閃過
旋被未來攫獲
又統統為過去吞噬

• 1990.8

宿舍心情

自高高的五樓，高高的上鋪
垂視，窗外低低的街道和行人
我游移在考後的癱瘓和晚餐之間
軋軋不停的電扇淪陷在八月

昨夜 SEVEN 11 的雜誌架上
藏不住那頭噴火尤物
還隱隱牽動今日呢
於是渴欲出門
門外卻偏下起雨

也罷，去淋個夠

・1990.8

睏

十時十分，眼睛已埋進書堆
夢的隙縫，誰伸手扯你髮梢
軀體深陷椅墊，靈魂悄然上路
此刻，有多少划動的腳板
在各式各樣的床邊
登岸

・1990.9

・2003.3 孫大川主編《台灣原住民族漢語文學選集：詩歌卷》

日子

日子之上浮著許多泡沫

一線相思
賴著不起床
一入圖書館即著魅般地昏睡
校園獨步的子夜
投幣聲聲問安
孤高的提防之上，莫名的踉蹌
影子拉長後，在黃昏逸出的想像

每一星泡沫飄浮著
日子就這樣生滅

・1990.8

如果遇到祂

在街角
何妨拉祂到路邊攤
一壺枸杞酒
兩碗四物燉土虱
既禦寒又飽肚
魚骨儘管吐在桌下
貓兒狗隻早等在那兒啦
告訴祂這回你請客
下次路過天堂再讓祂

・1990.9

・1993.10.1《誠品閱讀》雜誌

是否世界躲著

是否世界躲著
在宇宙的角落
是否大海嚎哭
在洗不淨的深淵
是否月光著涼
在寒顫的稍頭

是否瓢蟲
目睹落葉的慌亂
輕輕地嘆息
是否蝶兒躲得過網劫

躲得過斑爛的童年
是否矮簷仍在
「他奶奶的」老人是否
仍用鑷子和鄉音決定物價

是否病了，憂懼的雙目
自從夢幻的島嶼不再藍色
是否仍不斷地，贅夫們
在血管中調酒，重覆著
那一場戰爭
在新幾內亞

• 1990.9

註：此詩為當年讀北島〈走吧〉一詩有感而發之作，原題目〈讀北島「走吧」〉，現改為〈是否世界躲著〉。北島（1949）本名趙振開，為中國朦朧派代表詩人，是民間詩歌刊物《今天》的創辦者，曾獲瑞典筆會文學獎、美國筆會中心自由寫作獎、古根海姆獎等，並多次獲諾貝爾文學獎提名。

走過暈眩

走過田地龜裂
鼠群爭食的日子
走過蓓蕾初開
老鄉露宿的公園

走過街道
你急切地揮手
只有眼睛的呼叫

走過蟑螂出沒的騎樓
抱起驚恐的孩子

走過教室，走過長廊
揹起包袱中猶未歸位的渾沌
離去

走過懷疑砌成的石階
青山仍舊
左右冒出的大樓讓人憂心

走過醃漬
走過荒冷
走過檳榔花凋落
走過下游的嗚咽

走過唯一的市街
斷裂的橋樑
走過唯一的山路
藤蔓與落石
浪花與斷崖

走過蜿蜒
走過暈眩

・1990.9
・1993.10.1《誠品閱讀》雜誌
・2000.6《創世紀》詩雜誌季刊

註：原來題目為〈再讀北島「走吧」〉，現改成〈走過暈眩〉。

雨的聯想

雨，然後
嘩然的溪水
你自樓頂遠望濛濛青山

想起
在雲的年紀說好一起登陸
拜訪屋頂上的足跡
溜過頹喪的脊背，驚起胸膛
以無數柔絲牽繫天地

想起

鞋底破洞
傘下脫逸的左臂
瑟縮的紫花
沸騰的海面

想起
那個清晨
你從對街的二樓窗口
划著浴盆買回
燒餅油條

・1990.9

無論多少呼號

無論多少呼號多少寂冷
請聽，這綿密的鼓聲
是靠近天堂的步伐
或是一陣騷動
自地獄傳來

你憂慮，密林中的蕨類
已蔓生在失神的雙足
今夜加速的行程
驅使靈魂循向記憶

循向倒立行走的童年

你憂慮棒喝仍否
震動人心，喚起沉睡
或將娓娓地訴說
海嘯與陸沉的遭遇
使竊聽的河面悚然

你憂慮唱腔雷同
遍地是乞丐與酒徒
雜草吞沒所有墓碑

早夭的志願不知埋在何處

當抽屜抽出虛空

虛空釘牢棺木

凸出的眼珠不再等候

而缺席的雙手是否已供成神桌之上

一對交叉的鼓槌

• 1990.9

註：原題目〈聆聽—莫札特「安魂曲」〉，現改為〈無論多少呼號〉。

北島素描

這麼遼闊的土地
這麼綿長的歷史
自紅與黑的佈景之後
終於步出一匹狼

年輕，迎風在捲曲的髮梢
衰老，躲藏在彩衣的眼褶之中
走上舞台之前
早已遊歷四方
在苗村，在大漠

在潮流中湧向都會

早已鍛鍊成精
出入黑夜與白晝
必要時，立可枯成樹頭
待狂飆過後
復甦

・1990.9

四季

春，品嘗芬芳，不准在小徑齊步
夏，劫掠時間，在高速公路追撞陽光
秋，抓住燦爛，攜手步向林蔭的黃昏
冬，守著洞穴，走完最後的坎坷

• 1990.9

致島嶼

燃燒早已開始
沒有抱怨的枯枝
只是逐漸激動的水溫
你耽心，族群被錯誤的刻度放生

蒼鷹仍盤旋在故鄉的雲層
偶爾抗議：失血的名字
斷　落　的　系　譜
上帝是否聽見這流星般的
唳叫，在教堂尖頂之外

日子病得很重
酬神的隊伍不斷地蛇形
不斷地以爆竹撕裂任一個夜晚
失去嗅覺的膜拜著自己
在上游放毒的在下游佈施
沖洗過豬寮的水也不必浪費
泡杯咖啡繼續沖洗你的胃

白晝越來越灰暗
烏雲越來越密佈
何時天空不再容忍都市的頂撞

放任滂沱的淚水
澆滅地上所有的焚燒
海洋再次吞沒高山
使一切回到神話的初萌

• *1990.9*

• *2003.3* 孫大川主編《台灣原住民族漢語文學選集：詩歌卷》

• *2004.1* 李敏勇編選《啊，福爾摩沙！》

• *2006.1* 向陽編著《青少年台灣文庫——新詩讀本*3*：致島嶼》

羅門印象

把最奇詭的全羅致在燈屋裡
所有的俗氣都擲向門外
從此不再有詩以外的應酬
卻飛來無數的翅膀
造訪

• 1990.9

註：羅門本名韓仁存（1928-2017），海南文昌人，為台灣近代著名詩人，其妻蓉子亦為詩人。

鋼琴小品漫遊

1

預言的鳥低低的唱
無人知曉心事
我獨飛翔
白雲默默
藍天無語

2

一串串音符是悸動的風鈴
以情感分析，在理性中拭淚

落葉是片片飄散的雪花
樹莖甦醒，紛紛逃離春天的
實驗林

3

行將結束
韻尾猶且不捨
浮沉中，唱針刮痛誰的魂魄
如負傷逃竄的羌
默立荒溪之畔
從此不再吐露一絲憤懣

4

搖扇的手終於垂落
睫毛舒貼
夜晚留給汗珠蒸發
燭光指揮著鼾聲
犬吠忽遠忽近
終於夢裡與海濤的咆哮
和解

5

走動的思索的

那可是一條河
雙手來回兩岸
頑固也穿不透
這般曲曲折折

一場夢罷了
有時衝著巨岩怒吼
有時溺成渦漩
偶爾開闊，水草閃避
卻始終無法拉襯河面
無法描摹山水

6

唯能靜聽墜落
四壁傳遞什麼
長廊迎風，豁開胸襟
誰問海上誰的消息

7

脂粉與歲月角力
雕像向永恆挑戰
不論硬撐的或妥協的
自嘲，畢竟是不易構築的風格

• 1990.9

註：原題目〈聆聽鋼琴小品〉
現在改成〈鋼琴小品漫遊〉，
並修訂了部分內容。

山地人三部曲

山上躍進

下山滾進

山下伏進

- 1990.9
- 1993.10.1《誠品閱讀》雜誌
- 2003.3 孫大川主編《台灣原住民族漢語文學選集：詩歌卷》
- 2005.2 林瑞明選編《國民文選‧現代詩卷Ⅲ》
- 2006.1 向陽編著《青少年台灣文庫——新詩讀本3：致島嶼》

跳遠噩夢

最後一躍失敗
回望並猛頓雙足
塵土含恨飛揚

之前
手刀預備
腳弓緊繃
猛吸大氣衝出
如獵犬飆速

誰知這一躍
胃底絕望地嘔出呼叫
膨脹的口訣竟不堪一擊
是否發黴的自尊早該刷洗

隨後
夢裡一群狂奔的鹿
撞倒界碑，大雨滂沱
嚇得跑道跑開，沙坑掩埋
起跳板跳走

• *1990.10*

醒

當第一道晨光射來
黑夜自軀背上滾落
在牆角、在桌底喊疼
你撫被窺看
夢境從床沿陷落、陷落
金塵揚起之間
溫度逐漸清晰

• 1990.11

自在之歌

是一種鋪陳一種展示
等靈魂復甦，執拗的皺紋熨平
何不省省開會的程序
在這充斥祭壇的島上
袒開胸懷
用心感受風向與潮聲

去聽聽看，走走看
儘管專注落葉
或輕輕躍過水窪

你是燕，在大地之上
縱情地飛掠
你是章魚，在深海
在故鄉伸開自由的手臂

走向林野走向山谷
是一種鋪陳一種展示
腳尖不斷嗅開獵徑
應有一條溪淺淺
足夠胸與腹深深地吸
還有芒草或岩壁

你竊聽，月光和水波的私語

・1990.12

・1993.10.1《誠品閱讀》雜誌

山上

滿滿的山　滿滿的綠
滿滿的海　滿滿的藍
滿在眼裡　在胸中

遠眺　深深地吸吮
低首　一把泥土和青嫩的草
爬坡　竹林之後清風無限

去那山脊
坐看睡眠的海

看無盡遼闊
看山腳伸入沙灘
看閒閒的雲

滿滿的樹　滿滿的新鮮
滿滿的水　滿滿的自在

• 1991.2

守靈

多渴望一種柔和，一種暗昧
一種距離，一種陰涼
一種鄉土，使耳膜震動
反覆訴說一種哽咽
不停地以音符搖撼

還有一種孤獨
鎮定面對
至親的
離去

• 1991.3

註：原題目〈一種（守靈）〉
改為〈守靈〉。

悔

因為日間種種的無用
感到十分十分的困倦
悲哀是注定的了
伴隨你，腐蝕你的堅持
在每個清晨絕望地叫你

疲憊是必然的了
無論短程或長途
你都失掉了說服的機會
也無人能幫得上

只有隨日月不停地轉
不停地浪費口舌
不停地懊悔

• 1991.3

總

總跑在前頭
鞋子和影子緊緊跟隨
想到該用線索捕捉時
早已四向逃逸

是一些感應
或無名的激素吧
在血液裡攪動，一陣一陣
總令你想抽刀想狂奔
檳榔樹上深深地刻

山谷間長長地嘯，或者
總在寂寂的夜裡，在孤燈下
喃喃自語

清晨，總要步向戶外
繞過朦朧的校園與封域般的墳場
從村頂眺望藍藍的孕育一切的海
偶爾你也會攜回新鮮的幾行幾句
在早餐桌前

• 1991.3
• 1993.10.1《誠品閱讀》雜誌

註：原詩雖曾發表於《誠品閱讀》雜誌，作者重讀之後維持原有的結構，但字句上做了一些修改。

卷二

梅雨仍舊不來的六月

（南島詩稿 1992）

梅雨仍舊不來的六月

生在這六月，疑心這六月
莫非梅雨被劫持了
風吹來，盡是太平洋上的傳聞
教人夜裡翻來覆去

梅雨究竟去了哪裡
樓房頂著炎陽生氣地問
露了底的水庫也尷尬地問
那終年靠著一張嘴譬如教員之類的
更是唇焦舌敝地問

城市悶成鍋爐，爐裡跳著炭火

苦等梅雨不如猛灌酸梅湯
或者乾脆混入雞鴨魚肉冷凍起來
至於生日，電話線正熱烈地傳送快樂呢

此刻，好想好想回到老家的龍眼樹下
酣睡它一個長長的甜甜的下午
任蟬聲密密催眠，草香濃濃入夢
管它梅雨來不來
管它還要早多久
這六月

・*1991.6*
・*1994.1*《山海文化》雙月刊第*2*期
・*2000.6*《創世紀》詩雜誌季刊

拳與淚

你要的正是握緊拳頭以及
忍住淚的滑落。且聽
十指的骨節和掌紋
合奏命運；且看
活躍的淚腺正穿透火紅的網膜
描繪人間。

・1991.6

・1993.11《山海文化》雙月刊創刊號

・2000.6《創世紀》詩雜誌季刊

・2003.3 孫大川主編《台灣原住民族漢語文學選集：詩歌卷》

部落主義

崇拜太陽。學會表決後，常想舉手舉到與太陽同高，因之，整座森林乃不免隨風搖擺。風停之後重歸巨大的沉寂，其令人焦躁的程度足以引起一場大火。

所有校園飼養的池魚都愛上了，愛上那雪花片片一般落下的麵包屑，大家都張起一樣的嘴型，一樣地鵠候，憋氣並機警地恐嚇同伴。

總是麇集在一塊，臥姿雷同，步伐齊一，專長：踢正步、分列式、接受校閱，向女王致敬或獻身。就這樣，昆蟲佔領世界的每一個角落，爬出最古老的歷史。

．1991.6

．1993.10.1《誠品閱讀》雜誌

心象

閉上雙眼　隨即不安
上升

呼吸
微微傾斜
局部掩住整體
乃如獸足般被夾住
光明　掙扎　甩脫
黑暗　冷且硬

見不到又無法阻絕聲音
而聯想蔓延無盡
缺指酒拳
耳語中嚙咬
蛇裔專用溫度計
此乃誤入女生廁所抱歉
云云

・*1991.6*
・*1994.1*《山海文化》雙月刊第 *2* 期

雕

已習於慢慢地重重地刻
偶爾傷到手
血就汩汩地湧出
沿著掌紋流下
直到血止如雪停

以包紮的心情繼續
緩緩地沉沉地刻
除雪車一般鏟開積雪
至少開出一條路讓門呼吸和守望

在時間的肌理之上
鏤下靈魂回溯或前行的足印

・1991.6
・1995.9《山海文化》雙月刊第12期
・2003.3 孫大川主編《台灣原住民族漢語文學選集：詩歌卷》

退出

花不再屬於花瓶
魚不再屬於魚缸
鳥不再屬於鳥籠
獸不再屬於柵欄
神不再屬於祭壇

・1991.6

・1993.11《山海文化》雙月刊創刊號

・2000.6《創世紀》詩雜誌季刊

・2003.3 孫大川主編《台灣原住民族漢語文學選集：詩歌卷》

父與女

很高興吾家女兒畢業了
更風光者，吾還代表家長們上台致詞
還頒獎給自家寶貝女兒呢
（媽咪此時趕緊上前照一張）
因此晚餐吾自然多來幾杯高粱咯

睡前，乖女兒要求說故事
老爸吾滿口答應：

從前從前有一頭頑皮的小犀牛，牠

正在找，看看有甚麼東西可以試試自己新牛角的厲害。找了半天，終於碰到一棵樹，頭抬得高高的，手臂張得開開的，還挺著圓圓的肚子，很神氣的擋在前面的路上（牠不知道這棵樹叫：酒瓶椰子樹）。說時遲，那時快，小犀牛蹬了蹬後腿，頭一低，就朝著那棵樹的肚子頂過去，ㄆㄧㄤ一聲那根樹幹竟然像真的酒瓶一樣破裂開來，小犀牛一時剎不住再往前衝了好遠，當牠回頭

的時候，非常驚訝的看著滿地碎片

……

說到這裡，吾再也擋不住

那一波又一波潮水般漫上來的醉意與睡意

（爸！爸！後來呢？後來呢？）

無論女兒怎麼搖再也

搖不醒中了麻醉槍之犀牛一般老爸的軀體

（哇哇哇哇哇哇）

隔日媽咪說，女兒這一哭

把畢業典禮上不曾哭出的淚
全哭光了

・1991.7
・1993.10.1《誠品閱讀》雜誌

註：吾女若庭於1991年6月30日
自台南市惠南幼稚園畢業。

歸途

在風雨中濕冷中
是更加疲憊了
眼角臉頰或腳踝
種種不適都與夜晚有關
被打岔的睡眠，過量的茶
以及莫名的自瀆等等

翻到今日
日記上多了一些漬痕
零亂的。你望向街道

斷枝殘葉單車空紙箱
在風中拉扯追逐，還有
無名的碎片翻飛

買或不買雨傘
或且遁入茶館
等雨歇或家人來接
想著這些
你久久凝視窗外

- *1991.7*
- *1994.1*《山海文化》雙月刊第*2*期

夜過花東縱谷

1

醒來。窗外護欄上
模糊的站名正逐一倒退
還來不及從深陷中坐起
列車已節節噬入黑夜的咽喉
哪一圈啊，哪一圈稀微
才是塔卡汗部落的燈火？

2

檳榔樹影才隱約可見

太巴塱阿眉語已長驅直入
穿過剎車聲的尖利
驚斷絲絲綿綿的睡意
站前夜市彷彿白晝
彷彿八月慶典提前熱身

3

（抱歉！我們開始驗票）
列車長忽而左忽而右一路鉗來
有人長嘆
有人低聲詛咒

有人艱難從夢中伸手
有人恨恨出拳
有男的，口袋裡外翻遍了
座椅上下左中右搜夠了
給身旁滿指蔻丹的女人罵扁了
還是
（補票吧）

4

等交會車
似呼吸也暫停了

沉默的更為冷漠
焦急的更為窒息
周遭，夜濃得足以掩飾一切
車內冷氣機呻吟，乘客假寐
腳趾已等不及
在每一雙鞋裡開始
蠕動

・*1991.7*
・*1994.1*《山海文化》雙月刊第*2*期
・*2000.6*《創世紀》詩雜誌季刊
・*2003.3* 孫大川主編《台灣原住民族漢語文學選集：詩歌卷》

註：塔卡汗（Tangahan）是太魯閣族部落，即今之花蓮縣萬榮鄉明利村明利部落，為作者妻子的故鄉。

堤上迎風

傍晚
有意竟不期而遇
垂滅的黃昏又亮了
瀕冷的心又回升又回升了

走向哪兒都無所謂矣
餐屋狹仄也罷
校園餓蚊四出也罷
但，迎向星夜迎向多風的長堤
不更令人陶醉

盡情痛快地聊吧
敞開心門，扯開喉嚨
一直聊，聊到
鐘錶不走，河水靜止
夜空受驚於陣陣朗笑
而夏蟲們因竊喜或暗爽
竟忘了唧叫
為止

• 1991.8

vuvu 來的時候

vuvu 被載了來
一臉的陽光，一拐一拐地進門
嚷著，說是兄弟山的故事讓她忘不了
眼睛就快瞎了又何妨
能否活過這個年頭又何妨

孩子，你唱得正是豐年祭的歌啊
海濤也在水田過去木麻黃林投樹過去
低低地唱。纍纍的稻穗輕輕地擺
山坡上騷動著相思林
獵人——磨拳擦掌

城裡做工的親友要返鄉了
遠颺的漁船要回航了
蟬兒準備著大唱一番呢
（孩子，我還聽得到嗎？）
你囁嚅著說不上半句安慰的話
vuvu 又被載走了

- *1992.4*
- *1993.10.1*《誠品閱讀》雜誌
- *1995.7*《山海文化》雙月刊第*11*期
- *2003.3* 孫大川主編《台灣原住民族漢語文學選集：詩歌卷》

註：隨族語拼音的演進，題目改成〈vuvu來的時候〉。排灣族語vuvu意指內、外祖父或內、外祖母，或祖輩親屬。
詩中vuvu是指家母跟隨學習排灣族祭祀的女巫師，她的族名叫Suav，作者與她老人家十分投緣。
兄弟山則分指台灣南部之大武山與霧頭山，分屬排灣族與魯凱族的聖山。

誰在乎

曾經你遠過多少海洋
那信誓旦旦的安家費可曾讓人放心

日日攀附在多高的鷹架
有多長的鐵釘曾多少次釘你在版模上

夜夜南來北往於死亡之路
你不眠地以檳榔汁重寫
人類體能的紀錄

經年累月你匍匐在多深的坑道
為了妻小
不惜用層層煤灰抹黑自己的肺

有多少青春在軋軋聲中輾過
又多少被迫加班的長夜
從薪水袋中漏掉

當妳和無數姊妹被販賣
在暗夜飲泣。老鴇們正數著鈔票
送子女上貴族學校

還有
多少鐳射般的目光切割膚色
深深地刺傷你或妳的心

誰在乎？

・1992.6

・1995.9《山海文化》雙月刊第12期

註：在維持原詩文意和語氣之下，各行在文字或排列上均有些許異動，與原定稿略有出入。

如果

如果竟玻璃一般破碎
一份深厚的情感

如果已被推倒拉倒，俯首認罪
原來高高的銅像又跪向
新的豎立

如果電視無聲地播映歷史
河水只負責流動

如果我們只是善意地哄騙
子女們也只是遺傳一點點隱瞞

如果一份深厚的情感
竟玻璃一般破碎

．1992.6
．1995.9《山海文化》雙月刊第12期
．2003.3 孫大川主編《台灣原住民族漢語文學選集：詩歌卷》

剝落的日子

沒有人承認房子已經腐壞
也看不到那一點一屑，頑癬一般的
剝落。我們仍然快樂地乾杯大聲地歌唱
沒有山豬水鹿，總還有飛鼠蝸牛或野菜
可供下酒。醉了，總有
落雨較不嚴重的角落可供蜷伏
張網結罟的蜘蛛幫我們捉捕蚊蠅

所以，我們絲毫感覺不到
腐蝕，一斑一點

先從表皮再入血肉精髓……
直到我們記起應該流淚
已經沒有眼眶可以噙住
沒有臉頰可供滑落
也失去了可供拉拭的雙手

・*1992.6*
・*1995.7*《山海文化》雙月刊第*11*期
・*2003.3* 孫大川主編《台灣原住民族漢語文學選集：詩歌卷》
・*2005.2* 林瑞明選編《國民文選・現代詩卷Ⅲ》

卷三

拉鍊之歌

（南島詩稿 1992-1994）

閒雲——日記系列之3

沒有悠遊沒有閒蕩要算哪門子的雲啊
於是乎那雲不只愛趴臥在柔軟的山頂
假寐之後跑去傾聽松林或竹叢的呼嘯
且趁紅髮夕日在河裡沐浴
在夜晚那漢子到來之前
已個個打扮成搔首弄姿的彩霞

等天亮了那雲揮別了山群
又遊回鷗啼鳥飛的海上
看每一片波浪在晨曦中

擠眉弄眼
沒有悠遊沒有閒蕩要算哪門子的雲啊

• 1994.10

註：日記系列於《拉鍊之歌—南島詩稿1992-1994》裡共有8則，於此選用4則；詩題及內容多有更易，故與原來自印詩稿有明顯出入。此外，卷三所擇用各詩，於題目、行句也大多有些修改，特此說明。

頭顱們——日記系列之5

那一粒粒被彈弓彈得老遠老遠
飛越操場飛越木棉樹又飛越教師宿舍的小石頭
是否已一一被另一個童年拾起

而一顆顆長大的頭顱呢，是否
一半在遠洋漁船上與日頭爭鬥
另一半則不停地鑽探城市的底層

無論漁場或工地或哪裡
總在最深的夜裡，酒瓶子一一倒地

族親逐個離去，之後
才一頭滾進夜鴞嘀咕的夢裡

還有那最不甘的
仍然漫遊在徹底打烊的街頭
似乎準備著要把自己……
自己越醉越清醒的腦袋
典向第一道晨曦

• *1992.4*

澀之味——日記系列之7

苦苦的
淡淡的一種苦
自食惡果的那種——
彷彿中了毒蠱
逼你償還對世間女子的虧欠

你什麼都說不上
愣看拿手的牌局豬羊變色
這個城市這個時代
已徹徹底底屬於他們

而你──過去式了
或，等在更遠的未來
此刻的堅持與清醒
使繽紛的市招和誘人的夜生活
全背你而去

・1994.10

樹的固執——日記系列之8

我是一棵樹
一棵原地不動
不再成長的樹
葉片枯黃
枝幹萎弱

風兒偷笑
雀鳥搬家
晨光恣意揭露隱私
天空只是高高地蔑視

無關乎挺舉的雙手
或走動與生長的諸般欲求
八月颱正颼得起勁
一片東倒西歪中
我始終是一棵原地不動的樹

• 1994.10

寒流

這一波來得兇
才露臉的春光在枝頭猛打顫
嚇得我們趕緊翻出窖藏的冬衣
以頭皮和格言迎向凜冽的北風
夜裡在氣象報告的恫嚇下早早上床
裹厚厚的被，編密密的夢
屏擋這不速之客
於鼾息之外

• 1993.2

下午

總是讓人迷惘，無可逃遁
此時貓瞳已縮到極小極小
太陽到處放光

睡著了就沒事
泡在戲院裡也無所謂
偏偏窗口守著，而窗外
盡是大把大把的黃
刺目且令人倦怠

於是你學那貓兒
捲意念當枕
睋世界於睫外
慢　慢　滑　向　睡　眠　的　幽　谷

・*1993.2*

天亮之前

不甘於夢的作祟
躍然而鳴的思緒衝破藩籬
（奔向曠野吧）

雙肩能行多遠
惡河就有多長
是誰以唾沫、以詛咒的眼神
令羌羊失路，鷹隼迷航

（奔向曠野吧）

吾們正穿越開滿紫花的鐵絲網
穿越街道，還得穿越無數掛在曙色裡
木然抖動的靈魂

・1993.2

時光

沉睡　甦醒
易碎的理想
光影閃爍
露珠好奇張望
殘葉終得解脫
且左右搖擺
於晝夜交織中
意識出沒
一字一句綴成
靈敏　渾沌

靈敏　渾沌
一字一句綴成
意識出沒
於晝夜交織中
且左右搖擺
殘葉終得解脫
露珠好奇張望
光影閃爍
易碎的理想
沉睡　甦醒

• 1994.3

註：原詩已大幅改動，不再一一比對。此詩採迴文體，以詩中空白的「十」字為坐標，閱讀時以句為單位可順讀也可逆讀。可上而下也可下而上，可左至右也可右至左，可左右換句也可上下跳句⋯⋯只要閱讀時循一定規則，讀法即隨之變換。（參見向陽詩集《四季》，〈大暑〉，頁62-64）。

拉鍊之歌

尋找那路
那路彎向何處
矮叢底下貓兒弓哲學的背
一切都在張望，風兒喘息
vuvu 他們摸索過的山腹
四季尚未成形

有人聽見獸足哀鳴
隔河的表親睜眼祈禱
火車載走了女人
古老的雙軌爬下一張張美麗的雙頰

卸下鈴鐺，卻卸不下夜行的勞頓

鐮刀不停地探問
那路彎向何處
風向始終不定
而所有金屬的頑固的欲念
在0與1之間齊聲吶喊：
尋找那路

- *1993.2*
- *1994.9*《山海文化》雙月刊第6期
- *2000.6*《創世紀》詩雜誌季刊

等妳——
電影《綠卡》觀後

音樂昇起，歌聲
揚起，街頭額頭
混亂與智慧。終於
雙唇締結晚熟的誓言
整排路樹都怔住了

令人屏息的交映
風景在妳我焦渴的瞳睛
日子急速倒退
直到補齊所有的遺憾

親愛的，妳什麼時候來
帶來面霜與泥土
在大象騷動的夜裡
我將迎妳，以吉普賽
以歌舞的雙手

・1993.5
・1994.3《山海文化》雙月刊第3期

註：原題目已改為〈等妳——電影《綠卡》觀後〉。電影中有兩幕特別迷人，片尾男女主角吻別一幕，如詩第一段所述；另一幕兩人於移民局面談後分手，女主角返家，悵然若失，獨坐小几一旁望著戶外，此時秋雨自屋簷落下猶如半透明的珠簾，極美，極柔和，極寥落而幽遠。（女主角：安蒂麥道威爾，男主角：傑哈德巴狄厄，片尾曲：Eyes on the Prize）

看不到月全食的那一夜

報上登了十分十分醒目的廣告
比吃人事件還要聳動
按老學究的說法：天狗食之
吾們把肉眼洗淨了，望眼鏡加長了
頸子又頻頻地伸出欄杆
望穿那灰濛夜空之外還是一片灰濛
連日來的梅雨是否弄壞了天狗的胃口
竟致於對那黃澄澄透著桂花香的大餅
完全失了興趣

• 1993.6

意志的黃昏

熱，全冷了
侵略者都吃起素食
相信並等待因果循環

桀敖的下頜曾使世界屈服
歷史在黑眼珠前無聲廝殺
綿雨仍在四季之外

誤會不必解釋
黑夜之後白日

之後黑夜之後
白日……

・1993.7
・1994.3《山海文化》雙月刊第3期
・1995.4 彭瑞金．許素蘭．李敏勇主編
《一九九四年台灣文學選》

城中歲月

行走而已
沿街沒入騎樓
橫橫阻阻
櫥窗不停地問候
車輪滾著哀愁
滾著物類的影子
街角繁忙而冷漠

左右而已

進出而已
淺淺的自我
喝不出杯子與女人
常常嘔吐

・1993.8
・1994.3《山海文化》雙月刊第3期

落花

是否枝梢的豔美
在茂盛的邊緣
以及依然歡愉的背後
季節催你
垂落？

喧鬧過後還餘多少容顏
未被遺忘？

等待，俯視

這至終的高踞
失血卻一刻未歇
或許，唯有風的嘆息
伴
你
垂
落
。

• 1993.8
• 1994.3《山海文化》雙月刊第3期

詩人之死——哀顧城

在他，一切都輕盈流動
四月攀著五月躲在兒童身後
瞻顧。去年的最末一滴淚
早隨著風箏穗子
升空，吾們雙手高舉
舉不起地底的呻吟

這不是敲鑼的季節
而盛年的步履已踉踉蹌蹌
且怎麼也繞不回自鑄的城堡

從此，徘徊一張張陌生的臉
潮水和風兒喋喋不休
議論湖畔的愛與死

• *1993.12*

註：顧城（1956-1993）為中國朦朧詩代表詩人之一。1988年和妻子謝燁前往紐西蘭激流島定居，但不幸兩人因情感及家庭因素於1993年10月發生衝突，紐西蘭警方推斷顧城殺了其妻後自縊身亡。

三月

忽大忽小忽快忽慢忽狂暴忽輕柔
關窗開窗添衣脫衣吵吵嘴又親親嘴

山上李樹開滿花
門前車過爛泥巴

受傷的女人將心沉入甕底
受驚的鹿不再涉溪

孩童從此學會吞聲

蜂蝶遠離

不再哭泣的夜裡不再期待
不再越嶺的部族不再編織

・1994.3

遺產

祖父臨終前沒說什麼
父親也沒吭聲就走了
只留下牆上的四把刀
我們兄弟各分得一把
又從刀柄和刀鞘分到
百步蛇紋和敵首髮尾
以及大目寬鼻的祖先

• 1994.7

• 1994.9《山海文化》雙月刊第6期

十月

我們喜歡寬廣
在十月，展翅如鷹
俯蓋如闊葉林
綿延無盡。中年
以穿山越峽的心情
領略相同的時代迥異的風景
以悸動的肺腑
迎向豁開的江面
黑夜白晝輪番上演
水草緊緊牽牽

母親的水源流出不同的信仰
然而海洋，是否一切爭執
終將消弭

．1994.4
．1994.9《山海文化》雙月刊第6期

神話

數著數著，可數得清幾波幾湧的浪
就這麼掀天揭地蓋過來
我們躲啊閃啊，十分十分盡興
跟海又跟陸地玩，怕是老天也動容

有一回，不得不拋開手邊的沙堡
紛紛地我們奔啊奔向山巔
神話中的洪水一直追來
追來，小腿肚滾成圓球了
才在疲極累極的腳邊

停住

從此，驚嚇留下來
陶罐蛇紋留下來
飛鳥鳴叫家族名號
以及關於美的種種爭執
全部留下來

・1994.4

心事

瞪著
彷彿貓

午後陽光
陷落又陷落
沙石嘩然掩來
眼睛在透明牆之外
諦聽肢體的演出

憂鬱儼然舊時傷口

痊癒且成為忌諱
當你執意摸黑回去
在記憶的岩層
可依稀聽見自己被禁閉的
聲音

・1994.4

尋找

他們呼叫「瑪莉」這個名字，不斷呼叫，向樹叢向山溝向教堂寂寞的尖頂。媽媽們忙著褪下圍裙，趕去上課，練習拼寫注音符號，誰也沒理會誰的名字在男人們的舌尖上滾動，誰的國籍怎麼了，太平洋靠近的是哪邊的海岸。

瑪莉、瑪莉……牧師也在高聲呼叫，向著初戀的防風林。海風散佈誰的誹聞？浪潮為何笑個不停？此時，你從海灘的另一端吹著口哨一路走來，繼續搜尋那隻失蹤的狗。

‧1992.10

‧1993.10.1《誠品閱讀》雜誌

註：連同這首〈尋找〉，以下共七首均屬散文詩，且都同為「拉鍊之歌」時期。卷二之〈父與女〉也應屬散文詩，但寫於「梅雨仍舊不來的六月」時期，故仍置於卷二。

幼稚園

中午幼稚園傳出尖亢的童聲：「再見」、「再見」，此起彼落，小朋友們牛群一般撞倒竹籬笆衝了出來。太陽很兇很兇，家長們沿著騎樓或樹蔭追過去，一手拎緊自家小孩的衣領，一手不停揮汗，且不時發出野獸般的吼叫。

直到小朋友都被牽走了，一位個子矮小的修女用手撐撐眼鏡，直直地走向一再倒塌的籬笆。

・*1992.11*

・*1993.10.1*《誠品閱讀》雜誌

日落

在我們狂愛的音樂裡，尤其那搖滾而來的肚皮和鼓點，湧向青春偎靠的灘頭，風群踩過苜草，每一管菸從我們上仰的鼻孔旋出叛逆，向黃昏扭腰，或練習抗議。

更尤其，害羞的淚水浸濕過的歌謠，加速愛與夢的風化，我們才剛學會，就拼命地喊：吾愛呀吾愛、吾愛呀吾愛……

在後來逐次失甜的擁吻裡，畏懼風的流竄，趕緊扭開樂盒吧！放出音符，讓漸老的細胞與夕照共舞，讓後來居上的銀髮飛揚，讓所有禁閉的欲望追隨煙煙雲雲，以自由式的長臂划向西天，划向蠢蠢欲動的黑絨布幕。

• 1992.12

• 1993.10.1《誠品閱讀》雜誌

讀書

盯著這一個一個方塊字，怎麼也連貫不成完整的意義。眼珠子滾進字堆裡，小孩也滾進泥堆裡，虎視眈眈的大人們不知怎麼全擅離職守了。視網膜視下丘視神經都視而不見了。不知乾坐了多久？書本早遠遠地拋向雨後的操場（妻子們躺過的操場）。兒子醒來找不到爸爸，怎麼辦？書本越拋越遠。

小孩滾成泥人了嗎？那些大人一直沒有回來。

・1994.4

・1994.5《山海文化》雙月刊第4期

青竹絲

依稀聽見極低極低的呻吟，尚未入學的我好奇地從門縫窺看，父親的左腳腫得像吹脹的氣囊。那一週母親一直走來走去，從衛生所溜班，在廚房和臥室之間忙進忙出。我注意到她的腿窩子似乎爬著一種綠色的東西。當她站在藥櫥前調藥，天啊！一條手指般粗的蛇類，頭尾兩端已鑽進母親的腿肉裡，蛇身似乎因急於逃遁而扭曲變形，於青綠中帶著一絲絲暗紅。

在母親身後的我伸出食指，驚駭地問：咬爸爸的是不是這條蛇？

・1994.4

・1994.5《山海文化》雙月刊第4期

黃昏景象

凶猛的海風一路掃過，這條唯一的山徑就這麼左閃右躲，被驅趕的獸一般隱入陰暗的山坳裡不再出來。趕路的騎士禁不起刮削，嚎叫著俯首推進，推向夕日照不到的部落。

蹲在半山腰的我們乃迅速倒酒乾杯，舉起所有空瓶，以猶存的酒香引誘冷冽的風進入，一如對付家族間的嘲弄，想盡辦法封死那種種切膚的疼痛。

於是，我們擎起自己，押送憤怒的風，在顛簸的山徑上扶著暮色回家。

• 1994.4

• 1994.5《山海文化》雙月刊第4期

火車之旅

搭載C公司秋季南迴之旅的火車於人聲鼎沸中出發了。然而，僅僅在第二站停靠前，他瞥見鐵道旁那一整排豔開的紅花，於是急急匆匆地下了車廂（同事只當他是買瓶飲料吧）。

沿著古早的水泥護欄，越過一疊疊彷彿火刑備用的枕木群，再跨向田隴時，忽然狠狠地滑了一跤，盜壘盜過頭似地的，整個人斜斜地滑進稻草堆裡。

抬頭的剎那，他宿醉的雙眼同時點燃了田間這無窮無盡的焚燒。

・1994.4

・1994.5《山海文化》雙月刊第4期

國家圖書館出版品預行編目資料

風吹南島／溫奇著. -- 初版. -- 臺中市：
晨星出版有限公司，2023.11
面；　公分. --（台灣原住民；70）
ISBN 978-626-320-645-8（平裝）

863.851　　　　112015430

線上讀者回函，
加入馬上有好康。

台灣原住民70

風吹南島

作者　溫奇
本書策畫・導讀　瓦歷斯・諾幹
主編　徐惠雅
執行主編　胡文青
校對　溫奇、瓦歷斯・諾幹、胡文青
美術編輯　黃偵瑜
封面設計　柳佳璋

創辦人　陳銘民
發行所　晨星出版有限公司
台中市407工業區30路1號
TEL：04-23595820　FAX：04-23550581
E-mail：health119@morningstar.com.tw
https：//star.morningstar.com.tw
行政院新聞局局版台業字第2500號
法律顧問　陳思成律師
初版　西元2023年11月05日

讀者服務專線　TEL：02-23672044 ／ 04-23595819#212
讀者傳真專線　FAX：02-23635741 ／ 04-23595493
讀者專用信箱　service@morningstar.com.tw
網路書店　https://www.morningstar.com.tw
郵政劃撥　15060393（知己圖書股份有限公司）

印刷　上好印刷股份有限公司

定價350元
ISBN 978-626-320-645-8

Published by Morning Star Publishing Inc.
Printed in Taiwan

剝落的日子

沒有人承認房子已經腐壞
也看不到那一點一層，頑癬一般的
剝落。我們仍然快樂的乾杯大声的歌唱
沒有山豬水鹿，總還有飛鼠、蝸牛或野菜
可供下酒。醉了，總有
漏雨較不嚴重的角落可供蜷伏
張網結罟的蜘蛛幫我們捉捕蚊蠅